とけるとゾッとする
こわい算数
フミカちゃんと受験勉強編

小林丸々／作
亜樹新／絵

もくじ

1 おりがみ …………… 008

2 ビニール猫と
長靴落とし …… 012

3 終わらない ……… 016

4 白いひし形 ……… 022

5 かさ地蔵 ………… 026

6 ふるえた声 ……… 030

7 追いかけっこ …… 034

8 雪山遭難 ………… 040

9 危険がいっぱい … 044

10 不気味なサイコロ … 048

11 カロシミサマ係 … 052

12 髪の毛ごっそり … 056

13 日記 ……………… 060

14 早業 ……………… 064

15 ハウツー黒魔術 … 068

16 十五角形ホテル … 072

17 オフ会 …………… 076

18 見たくない ……… 080

19 ヒトミちゃんの
引っこし …… 086

20 徳河原埋蔵金 …… 090

21 英語の暗号 ……… 094

22 やさしい同僚 …… 098

ひと休みコーナー〈1〉…… 103

23 夜の教室 …… 104

24 ドドド …… 110

25 笑うトナカイ …… 116

26 胸が高鳴る …… 120

27 間取り図に変な … 124

28 アンケート …… 128

29 寝坊した朝 …… 132

30 中古のテレビ …… 136

31 呪われたのは誰？… 140

32 4人の並び順 …… 144

33 半転少女 …… 148

34 よくできた金庫 … 152

ひと休みコーナー〈2〉… 157

35 猫のいるバス …… 158

36 セーラー服の幽霊 … 162

あとがき …… 168

1 おりがみ

キョウカちゃんが
おりがみをしています。
枚数は25枚。

赤、青、黄色、白、緑——、
いろんな色の正方形が、
机につみ重なっています。

キョウカちゃんは
細かいことが苦手なタイプですが、
雑にならないように、
一枚一枚をていねいに折っていきました。

1枚を折るのに、
1分45秒がかかりました。

キョウカちゃんが
**すべての紙を折り終えるには、
何分何秒必要でしょうか?**

ただし、彼女のクラスの人数は、
先生を入れて41人である。

1 おりがみ

1分45秒を秒に直すと、

60+45=105秒

1枚折るのに105秒で、25枚折るんだから、

105×25=2625秒

分に直すためには、
60でわり算して、商とあまりを出せばいいわ。

2625÷60=43あまり45

答えは、43分45秒ね。
でも、キョウカちゃんは25枚も

『何』を折ってるのかしら？

折る時間が1分45秒で固定されてるから、
同じものを25個作ってるってことよね。

うーん……、あ！　もしかして、

『鶴』を折って
いるんじゃない？

それだったら、同じものを
たくさん作る理由がわかるもの。
彼女のクラスは、先生を入れて41人。
41人から1人をひいて、25枚ずつ鶴を折ると——、

（41－1）×25＝1000

ほらね、ちょうど
『千羽鶴』になる。

ひき算した1人は、きっと重いケガか病気で
学校を休んでいるクラスメイトでしょうね。
だから、その子の回復を願って、
クラスのみんなと先生は、気持ちをこめて
ていねいに鶴を折っているのよ……。

答え　43分45秒

2 ビニール猫と長靴落とし

2025年3月現在。
N県では**2体**の怪異が観測されています。

1体は『**ビニール猫**』という怪異で、
夜の繁華街の路地裏に出現します。

もう1体は『**長靴落とし**』と呼ばれる怪異で、
河川や湖などの水辺に姿をあらわします。

現在までに、
これらの怪異を見た県民は**52人**です。

『ビニール猫』を見た県民は、
1週間あたり**平均12人**。
『長靴落とし』を見た県民は、
1週間あたり**平均4人**でした。

今後も同じペースで怪異が目撃される場合、
**怪異に会った県民が100人に達するのは、
何週間後だと予想できますか？**

ただし、
両方の怪異を見られる幸運な人はいない。

2 ビニール猫と長靴落とし　解説

現在の目撃者が 52 人で、
あと何人で 100 人になるかというと、

$$100-52=48$$

48 人ね。
次に 1 週間で何人が怪異を見るかを考えましょ。
『ビニール猫』は週に 12 人、
『長靴落とし』は週に 4 人が見るから、たし算すると、

$$12+4=16$$

週に 16 人が怪異を見る。
あとは簡単。48 人を 16 人でわり算すればいいから、

$$48÷16=3$$

目撃者が 100 人に達するのは、3 週間後ね。

でも、もうひとつ謎があるわ。
ただし書きの内容よ。
どうして両方の怪異を見られる人はいないのかしら？

幸運？

夜の繁華街に行って、別の日に河川敷に
出かける人なんて、ふつうにいそうだけど……。
うーん。ねえ、もしかして

片方の怪異と
出会ったら、
もう外出できない

状態にされちゃうってことかな？　もしそうなら、
両方の怪異を見られる人はいなくなるもの。
かわいい名前から想像するより、この２体は

害のある怪異 なのかも。

もし目撃してしまったら、無事に
逃げられるなんて『幸運』は
絶対に望めないような……。

答え　３週間後

3 終わらない

ミチコちゃんは、
気づくと長い廊下を歩いていました。
赤い絨毯がしかれていて、
ホテルの廊下みたい。

天井のシャンデリアがあたたかな光を落とし、
白い壁に木製のドアが並んでいました。

もう30分以上歩いているのに、
廊下はまだ奥へとのびています。

「ねえ、ミチコつかれたよ」
「オレだって」

小学5年生のお兄ちゃんはそう返すと、
中学生のお姉ちゃんの方に顔を向けました。

「姉ちゃん、さっきまでオレたち
電車に乗ってたよな？」

「そのはずなんだけど。なんでわたしたち、
きょうだいでこんなとこ歩いてるんだろう？」

さらに１時間歩いても廊下は続き、
ドアをたたいても、誰も出てきません。
ミチコちゃんは、
しゃがみこんでしまいました。

「ミチコたち、このまま帰れないの？」

泣きそうになった瞬間、
近くのドアが**ギギギ**と開きました。

あらわれたのは、
車いすに乗ったおばあさんでした。
黒いカーテンのような服をまとっていて、
魔女のよう。

「迷子かい。
出る方法を教えてあげようか？」

３人はおどろきつつも、
首を縦にふりました。

「この算数の答えを頭に思いうかべるんだ。
そうしたら脱出できるよ」

おばあさんが差しだした紙を受けとると、
お姉ちゃんとお兄ちゃんは
むらさきの煙になって消えてしまいました。

「2人は計算ができたみたいだね」

おばあさんは、ほくそ笑みます。
1人残されたミチコちゃん。
ふたたび涙で、視界がぼやけてきました。

「おじょうちゃんは、ココに残るのかい？」

魔女に言われて、ミチコちゃんは
いそいで床に落ちた紙を拾いました。

服のそでで目をこすって、
真剣なまなざしで紙面の計算式を見つめます。
答えはいくつになりますか？

ただし、「あまり」を使わないこと。

$123 \div 11 =$

3 終わらない

解説

わり算の問題ね。

123÷11=11.181818181818……

ダメだ。ふつうに計算すると
少数点以下がずっと続いちゃう。
そんなときは、分数で解答すればいいわ。

$123 \div 11 = 11\frac{2}{11}$

答えは、$11\frac{2}{11}$ね。

答えは出たけど、心配じゃない？
わり算の答えを分数であらわすのって
5年生で習う内容（※）よ。
お兄ちゃんが5年生であるミチコちゃんは、

計算方法を
知ってるかしら？

知らないとわり算の答えは出せないわ。
小数点以下で、
1と8が永遠に続くだけ──

イヤ イヤ イヤ イヤ イヤ イヤー！！
181818181818……

無限に続く廊下に
閉じこめられてしまうのね。

答え　11 2/11

※2024年時点の学習指導要領

4 白いひし形

オギノさんが、車を運転しています。
助手席には、小学5年生になる息子のケントくん。

**「ねえ、お母さん。
ひし形の面積の出し方って知ってる?」**

急に聞かれて、
オギノさんはあせってしまいました。
数十年も前に習った公式です。
すぐには思い出せません。

オギノさんは、うーん、と眉根を寄せて
考えこんでしまいました。

**彼女に代わって、
ひし形の面積を求める公式を答えよ。**

ただし、ケントくんが急に
こんな問題を出した理由は、
道路上に描かれたひし形を見たからである。

④ 白いひし形

公式を答える問題ね。
ひし形は2つの対角線の長さがわかると、
面積が出せるわ。答えは、

『対角線×対角線÷2』

でもさ、答えより気になることがあるの。
ケントくんは、道路に描かれた
ひし形を見たみたいだけどさ。

それって
『路面標示』
なんじゃない?

路面標示っていうのは、
運転手に注意をうながすために
道路に描かれている文字や図形のことよ。

路面標示のひし形は、

『この先に横断歩道が あるから注意しなさい』

って意味よ……。

オギノさんは公式を考えて、
うーん、ってなってるけど、
先にやるべきことがあるわ。

車の速度を落として、前方をよく確認しなくちゃ。

もし横断歩道を誰かが歩いていたら、

とってもコワイコトが 起きるわよ。

答え 対角線×対角線÷2

5 かさ地蔵

むかしむかし、あるところに
心のやさしいおじいさんが住んでいました。
おじいさんの仕事は、い草を編んでかさを作り、
それを村で売ることです。

ある寒い雪の日のこと。
おじいさんは出来上がったばかりのかさを背負い、
村へと続く山道を歩いていました。

すると、道沿いに一列に並ぶお地蔵さまが
目に入りました。彼らの頭や肩には、
白い雪がこんもりと積もっていました。
おじいさんはその光景を見て、心を痛めました。

「お地蔵さまも、こんなに寒くてはつらかろう」

おじいさんは、かさをお地蔵さまの頭に
かぶせてあげることにしました。
お地蔵さまが並んでいる道の長さは、**24m**。
お地蔵さまは、**60cm間隔**で並んでいます。

何個のかさが必要ですか?

5 かさ地蔵

植木算の問題ね。
mをcmに直すには100をかけ算すればいいから、

$$24 \times 100 = 2400$$

道の長さは2400cmね。
これをお地蔵さんの間隔でわって、
はじっこにいる1体をたしてあげると、

$$2400 \div 60 + 1 = 41$$

お地蔵さんは41体。
必要なかさも『41個』ね。
け、結構な数ね……。

おじいさんが、そんなにかさを
背負っているとは思えないわ。

むかし話の『かさ地蔵』では、
すべてのお地蔵さんにかさをあげられたけど、
今回はもらえないお地蔵さんが
出てきちゃいそう。

「他のお地蔵さまは
もらえたのに、わたしは
もらえなかった……」

そんなお地蔵さんは不公平を感じて、
怒ったりしないかしら？
わたし、すごく心配になっちゃうなー。
そう思わない？

だって、むかし話の『かさ地蔵』に出てくる
お地蔵さんってさ。

夜中に歩いて、家まで
たずねてくるんだよ。

答え 41個

6 ふるえた声

トシゾウさんが電話をしています。
相手は彼の孫みたい。

「おじいちゃん、ペットのワンちゃんが
病気になっちゃったの……」

受話器からふるえた声が聞こえてきて、
トシゾウさんは心配そうに返します。

「ミチカちゃん、それは大変だね」

**現在の2人の年齢をたすと、110になります。
10年前だと、トシゾウさんの年齢は
ミチカちゃんの年齢のちょうど2倍でした。**

このとき、
**トシゾウさんの現在の年齢は
何歳ですか？**

6 ふるえた声

年齢算の問題ね。かなり難しいわ。
まず「10年前の2人の年齢の和」を出しましょ。

今の和が110だから、そこから
トシゾウさんの10年と
ミチカちゃんの10年をひき算すればいい。

$$110-10-10=90$$

これが、10年前の2人の年齢の和ね。
このとき、トシゾウさんは
ミチカちゃんの2倍の歳だったの。
つまり、比で表すと、2：1だったってこと。

90を2：1の比率で分ける場合、
比率1のほうは

$$90÷(2+1)=30$$

になる。比率2のほうがトシゾウさんの年齢だから、

$$30×2=60歳$$

これが10年前の歳だから、
現在のトシゾウさんは『70歳』ね。

でもちょっと気になるわ。
ミチカちゃんは今、40歳ってことよね。
うーん、祖父と孫にしては、

年齢が近すぎる

気がするわ。それに40歳だったら、
ペットの病気にも自分で対応できそうだしさ。

ミチカちゃんって、本当にトシゾウさんの孫なの？
とっても怪しいよ。

もしかしてミチカちゃんがしてるのって、
家族のフリをしてお年寄りからお金をだましとる、

オレオレ詐欺

なんじゃないの！！

答え 70歳

7 追いかけっこ

ミソラちゃんが
タツヤくんを追いかけています。
2人のスタート地点は、
平馬町にあるボウリング場の前。

タツヤくんは**夜中の2時半**にそこを出発して、
時速60kmで移動しています。

ミソラちゃんは、少しおくれて
2時45分に出発しました。

ミソラちゃんが**時速70km**で移動する場合、
彼女がタツヤくんに追いつく時刻を答えなさい。

ただし、
タツヤくんは全速力で逃げているが、
誰かに追われているとは思っていない。

特にミソラちゃんが追いかけてきているなんて、
夢にも思っていない。

7 追いかけっこ

旅人算の問題ね。
まず、ミソラちゃんが出発した時点で
タツヤくんがどれだけリードしていたかを考えましょ。

2人の出発時刻は2時30分と2時45分。
ひき算すると15分ね。

タツヤくんは、15分（$\frac{1}{4}$時間）先に走ってる。
タツヤくんは時速60kmで移動するから、
$\frac{1}{4}$時間で移動できる距離は、

$$60 \times \frac{1}{4} = 15\text{km}$$

ミソラちゃんが出発した時点で、
タツヤくんは15kmリードしてるってことね。

次に、2人の速度の差を考えましょ。

$$70 - 60 = 10\text{km/時}$$

1時間ごとに、ミソラちゃんが
10kmずつ差を縮めるってこと。

じゃあ、15kmあった差を縮めるのに何時間かかるか。

15÷10＝1.5時間

ミソラちゃんが出発した
2時45分の１時間半後ってことだから、
ミソラちゃんが追いつく時刻は、
『4時15分』だわ！

でも、不思議じゃない？　ただし書きの内容よ。
タツヤくんは逃げてるのに、
追われてると思ってないんだって。
そんなことってある？

夜中に時速60kmで移動しているってことは、
タツヤくんは

車かバイクよね。

そうすると、もしかしてさ、彼は

交通事故を
起こしちゃったん
じゃない？

ボウリング場の前で、
ミソラちゃんをひいちゃったのよ。
そう考えると、ツジツマが合うわ。

追われてる自覚がないのに、
タツヤくんが逃げてる理由がわかる。

彼は、路上でたおれている
ミソラちゃんを救助しないで、

『ひき逃げ』
したんだわ……。

当然、血にまみれた
ミソラちゃんが追ってくるなんて
『夢にも思っていない』でしょうね。

でも、実際には追ってきた。
強いうらみのせいで、彼女は

悪霊になってしまった
んじゃないかしら?

4時15分になったら
耳をすましましょ。
夜の静寂(せいじゃく)を破(やぶ)るタツヤくんの
絶叫(ぜっきょう)が聞こえてくる
はずだから……。

答え　**4時15分**

8 雪山遭難

天気予報は大きくはずれた。
もうれつなふぶきにさらされて、
5人は雪山で遭難してしまった。

けんめいに雪と土を掘って穴を作ると、
彼らはその中で
天候が回復するまでたえることにした。

リュックをあさって食料を出しあったが、
チョコレートしかなかった。

最低限の体力と体温をたもつ必要があり、
1日に1人3粒のチョコを食べることに決めた。

「チョコはちょうど**7日間**だけもつ計算だ。
それまでに天候が回復するよう、
神さまに祈ろう」

**彼らが出しあった
チョコレートの総数はいくつか？**

ただし、神さまは願いをかなえてくれた。
５日分のチョコを消費した時点で天候は回復し、
救助隊が彼らのもとにかけつけた。

そのとき残ったチョコの数は46粒だった。

8 雪山遭難

1日に食べるチョコは、

5人×3粒＝15粒

『チョコはちょうど7日間だけもつ計算』だから、

15粒×7日間＝105粒

チョコの総数は、『105粒』だわ。
でも変ね。ただし書きがおかしいわ。

5日分のチョコを消費して、
残ったチョコが46粒だったの？

15粒×5日間＋46粒＝121粒

最初にあった数が、『121粒』になっちゃうわ。
これじゃ、『チョコはちょうど
7日間だけもつ計算』にならないわね。

まあ、雪山での遭難なんて
極限状態だろうし、

小学生が習うわり算を
大人がまちがえてしまったと
考えることはできるわ。

でもね、もうひとつ可能性があるの。

それは、救助隊が来るまでの5日間で、
『チョコを食べることができなくなった
メンバーがいた』可能性よ……。

もし途中からチョコの消費量がへったなら、
最初の想定より多くのチョコがあまるはずだからね。
ただの計算まちがいであってほしいけど、

現実はどっちだったのかしら？

答え　『105粒』または『121粒』

9 危険がいっぱい

サクラさんは腕を組むと、
うーん、と考えごとをしています。

「ミズホちゃんの家から
わたしの家に帰るわけだけど、
どの道を通ろうかなー？
行きはいいけど帰りは危険がいっぱいだから、
ちゃんと考えとかなくちゃね」

2人の家と間にある道を、図に示します。

**ミズホちゃんの家からサクラさんの家に
帰る道順は、何通りありますか？**

ただし、
サクラさんが帰る時刻は夜ではない。

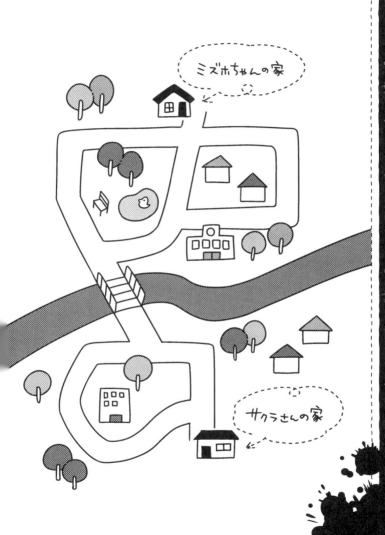

9 危険がいっぱい

道順の問題ね。
ミズホちゃんの家から橋まで行く道が3通り。
橋からサクラさんの家まで行く道が2通りだから、

3×2=6

道順は『6通り』ね。
でも、ちょっと気になるわ。

「行きはいいけど 帰りは危険がいっぱい」

って言ってるけど、
行き帰りで危なさが変わるってどういうこと？

昼間に友だちの家に行って
夜おそくに帰るなら、理解できるけど、
ただし書きを読むとそうじゃないみたい。

うーん。もしかして、サクラさんって
ミズホちゃんの友だちじゃなくてさ。

誘拐犯なんじゃないの!?

だって彼女が誘拐犯なら、誘拐した子どもを連れている『帰り道』は、危険がいっぱいになるもの。

今どき、多くの道には監視カメラがあって、犯罪者に目を光らせているからね。

ミズホちゃんの誘拐をくわだてているサクラさんは、

安全な逃走経路

を検討しているんだよ！

答え **6通り**

10 不気味なサイコロ

学校帰りの駅のホーム。
次の電車まで時間があったので、
中学生のコヨリさんは、
ベンチにすわろうと思いました。

ホームのはしにあるベンチに近づくと、
その上にサイコロが**2つ**。
でも、ちょっとふつうとはちがう
サイコロに見えて、彼女はそれを拾いました。

1つのサイコロの面には、乗り物の絵——
『車、バイク、船、電車、飛行機、ヘリコプター』が。

もう1つのサイコロには、
『4つの面に天使、2つの面にドクロ』
の絵が描かれていました。

不気味に感じたコヨリさんは、思わず、
元あったベンチの上にサイコロを投げ捨てました。

2つのサイコロが、
かたいベンチの上で跳ねまわります。

「ふったね」

声がしてふりかえると、男の子が立っていました。
黄色い制帽に、黒いランドセルをせおった小学生。

整った顔をしていましたが、
肌はやけに青白く見えました。

「何が出るかなー」

少年は愉快そうに笑うと、
転がる2つのサイコロに顔を近づけました。

**サイコロの出目が、
『電車』と『ドクロ』になる確率を
分数で答えなさい。**

10 不気味なサイコロ

電車が出る確率は、6面の中の1つだから、

$$1 \div 6 = \frac{1}{6}$$

ドクロが出る確率は、6面の中の2つだから、

$$2 \div 6 = \frac{1}{3}$$

両方が同時に出る確率は、かけ算すればいいわ。

$$\frac{1}{6} \times \frac{1}{3} = \frac{1}{18}$$

答えは、『 $\frac{1}{18}$ 』ね。

でも、このサイコロって
一体なんなのかしら？

ふつうに考えると、

呪いのアイテム

っぽいよね。

問題文にあるみたいに、
『電車』と『ドクロ』の目が出たら、
かけ合わされて
『列車事故』が起きちゃうようなさ。

もしそうだったら、
コヨリさんは自分の意思とは関係(かんけい)なく、

呪(のろ)いの儀式(ぎしき)を
実行しちゃった

ってことになる。

本当に列車事故(じこ)が起きたら、
罪悪感(ざいあくかん)に苦しめられそうだわ……。

もしどこかで同じサイコロを見つけても、
手に取らない方がよさそうね。

答え $\frac{1}{18}$

この春、ぼくは3年生に進級したんだ。
本当は図書係になりたかったんだけど、
ジャンケンで負けて、
イヤな係になっちゃった。

みんなの小学校にもあるでしょ？
カロシミサマ係だよ。

給食の時間になったら、
その日のメニューを確認してさ。
料理を1つ選んで、その形に画用紙を切るの。

皿にのっけて、教室の一番後ろにある
空き机にお供えするんだよね。
本当、めんどくさい係だよ。

今日の給食は、
サンドイッチとスープと牛乳とみかん。
ぼくはサンドイッチを作ることに決めたんだ。

先生からわたされた画用紙を切って、
三角形を作るの。

それだけなら大した手間はないんだけど、
カロシミサマ係がめんどうなのは、
算数をしなくちゃいけないところだよね。

お供えする食べ物の面積は、
66.6㎠になるように
しないといけないからさ。

理由なんか知らないよ。
だけど、絶対にミスしちゃいけないって、
先生がこわい顔で言うから守ってるの。

ぼくが画用紙で作る**三角形**は、
底辺を12cmにしたんだけど、
高さは何cmにすればいいかな？

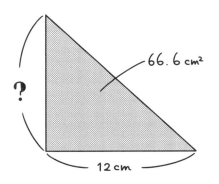

11 カロシミサマ係

三角形の面積を出す公式は、

底辺×高さ÷2

今回の問題では、底辺は12cm、
面積は66.6c㎡だって決まってるから、

12×高さ÷2=66.6

この式から「高さ」を出すには、
「12のかけ算」と「2のわり算」を消せば
「高さ」が出るってわかるよね。

かけ算を消すには、同じ数でわればいいし、
わり算を消すには、同じ数をかければいい。

つまり、「÷12×2」すると
「高さ」が出るわ。

66.6÷12×2=11.1

答えは、『11.1cm』ね。

でもさ、
カロシミサマ係って何?

わたしの小学校にはそんな係ないわよ。
なんか儀式っぽくて不気味だわ。

計算ミスしたときのペナルティが
わからないのもこわいし。

2学期は、希望どおりの図書係になれるといいね。
それまでカロシミサマの機嫌をそこねないように、

算数
がんばってね…。

答え **11.1cm**

12 髪の毛ごっそり

小学校の男子6人で、
肝だめしをしたマサアキくん。
心霊スポットのトンネルでは
何も起きなかったのですが、
家に帰ってギョッとしました。

背負っていたリュックに、
長い髪の毛が、ごっそりと入っていたのです。
マンガや水筒に絡んでいて、気持ち悪い。

つまんでのばすと、中学生である
マサアキくんのお姉さんの髪と
同じくらいの長さで、色も同じ黒色でした。

『キモすぎ。リュックに入ってたんだけど』

すぐに肝だめしをしたメンバーの
LIMEグループに、写真つきで投稿したのですが、
怪現象にあっていたのは
マサアキくんだけでした。

「なんで、ぼくだけなんだよ！」

自分だけが霊に目をつけられたのだったら、
納得がいきません。
マサアキくんは不平等が何よりキライでした。

明日学校で、友だちのランドセルに
こっそり入れてやろうと、
マサアキくんは髪を分けることにしました。

数えると、髪は全部で**166本**でした。
これを自分をふくめた**6人**で、
きっちり均等に分けることにします。

1人あたり何本になりますか？
ただし、小数点以下は切り上げること。

わり算の問題ね。

166÷6=27.66666……

小数点以下を切り上げるから、
答えは、『28本』ね。

でも、気にならない？
小数点以下を切り上げて答えを出したけど、
それじゃ、配るための髪が足りないわ。

28×6人=168本

だもん。
リュックに入っていた166本だと2本足りない。
マサアキくんはどうするつもりなのかしら？

うーん、もしかしてだけどさ。

お姉さんの髪をまぜて、

本数を水増しするつもりなんじゃない？

だって、長さも髪色も同じくらいって言ってたわよね。
まぜてもパッと見ではわからないと思うわ。

で、でもさ、
そんなことしていいのかな……？
リュックに入っていたのが本当に霊の髪だとしたら、
そんなのとまぜて、

お姉さんの身に悪いことが起きないのかしら？

心配だよ。

答え　28本

サチホさんは日記をつけていました。
毎日必ず書くというものではなく、
何か特別なことがあった日にだけ書いていたみたい。

食事のこと、職場のこと、
夜に見た夢のことなど、内容はさまざまです。

そんな文章の中に、
住んでいるアパートの騒音に関して、
不満をもらしている記述がありました。

「アパートの壁や天井がうすくて、
子どもが走る音がひびく。たぶん上の階。
昼間は仕方ないけど、夜は静かにしてほしい」

同じような『足音』へのクレームは、
他の日にも書かれていました。

9月だと**2日、8日、14日、20日**に
そんな記載がありました。

現在、サチホさんは行方不明になっています。

日記帳をめくっていくと、
最後に書かれた日記は、**9月23日**でした。

内容はいたってふつうで、
ネットフリップスで観た恋愛ドラマの感想でした。

日記帳から、彼女が消えた日が、
『9月23日から何日までの間』であるか？
推理して答えなさい。

ただし、大家さんに確認したところ、
このアパートに子どもの入居者はいなかった。

13 日記

サチホさんが足音を聞いた日は、
2日、8日、14日、20日。

6ずつ数字が増えてるわね。
つまり、公差が6の**等差数列**だわ。

ということは、
次に足音がするのは26日ってことね。
でも日記にはその記述がなかった。

つまり26日にはサチホさんはもう
行方不明になってしまっていたと推理できる。
彼女が消えたのは、
『9月23日から9月26日までの間』だわ。

だけど、子どもみたいにかけまわっている

『存在』って何なのかしら……？

アパートに子どもの入居者がいないのに、
走る音がひんぱんに
聞こえるなんてふつうじゃないわ。

サチホさんは、
ソレに連れ去られちゃったのかな？

もしそうなら

犯行は 26 日ね。

聞きなれたドタドタという足音が、
その日は急に、自分の部屋のどこかから
聞こえてきたのかもしれない。

もしそうなら、サチホさんは
とてもこわい体験をしたでしょうね……。

答え　9月23日から
9月26日まで
の間

14 早業

イチカさんは大学生。授業で使う資料を忘れ、
一人暮らしのアパートにもどると、びっくり！
部屋があらされていたのです。

たなや洋服ダンスはみんな開いていて、
中身が床に散乱していました。

押し入れは閉まっていましたが、
中に収納していた扇風機やぬいぐるみは
外に出されていて、
すっかり家中をあさられてしまったみたい。

イチカさんが部屋を空けていた時間は
ごくわずかでした。

彼女が忘れ物に気づいたのは、
最寄りの駅に着いてすぐのことで、
そこからまっすぐ家に帰ってきたからです。

「なんて早業のドロボウなのかしら。
こんな短時間で鍵をピッキングして、
家中を物色して逃げるなんて、大したもんだわ」

イチカさんは感心してしまいました。

「でも残念ね。ビンボー学生のわたしの家に
高価なものなんて何もないよーだ」

イチカさんの住むアパートから駅までは、
400m離れています。

イチカさんの移動速度を**時速6km**とした場合、

**ドロボウが部屋に侵入をこころみてから
脱出するまでに使えた時間は、何分間ですか？**

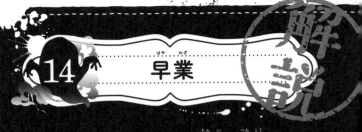

まずイチカさんが歩く速度の単位を変更しましょ。
時速6kmをmに直すには1000をかけるから、

6×1000=6000m/時

分速に直すには、60でわればいい。

6000÷60=100m/分

次に、イチカさんが移動した距離を考える。
アパートから駅までを往復したから、2倍すればいいわ。

400×2=800m

800mを分速100mで歩いたんだから、

800÷100=8分

答えは、8分間ね。たしかに短い時間だわ！
こんなに早く侵入して脱出するなんて、
イチカさんが言うように、『早業のドロボウ』ね。
……って思ったけど、

本当にそうなの?

そうじゃない可能性の方が高くない?

だって、学校に行った学生が8分たらずで帰ってくるなんて、ドロボウには予想外のはずだもん。「何もないよーだ」とか言って、完全に油断してるけどさ。

イチカさん、わかってる?
『押し入れは閉まっていましたが、中に収納していた扇風機やぬいぐるみは

外に出されて』

って問題文に書いてあるわ。
押し入れの中に、

まだ犯人がかくれてるんじゃないの…。

答え **8分間**

15 ハウツー黒魔術

これから教えるのは、黒魔術。
キライな人に、
不幸を届けるオマジナイなんだ。

まずは外国の硬貨を用意して。
日本のでなければ、どこの国のでもいいよ。

次に、それを机の上に立てて、
たくさん回転するように指で強くはじくんだ。

硬貨がクルクルって回転しだしたら、
心の中で呪いたい人の名前をとなえる。
ただし、逆さにしてね。

たとえば、ぼくの名前——
『クマエデアモン』を呪いたかったら、
『ンモアデエマク』と心の中でとなえる。

1回じゃないよ。
回転が続いているうちに 13 回となえるの。
そしたら OK。相手に不幸が訪れるんだ。
カンタンでしょ？

え？　硬貨が何秒くらい
回転するか気になる？
それなら前に何度か計ってみたことがあるよ。

1回目は**8秒間**だった。
2回目は**10秒間**。
3回目は**5秒間**。
4回目は**3秒間**。
5回目は**11秒間**だったね。

**この結果から、黒魔術に使える時間は、
何秒間だと考えられるかな？
平均を計算して答えて。**

ただし、
これは言わなくてもわかると思うけど。
逆さにした名前を13回言えなかったり、
途中で言いまちがえたり、
硬貨が床に落ちてしまったりした場合に、
呪われるのは――。

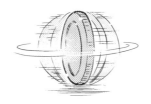

15 ハウツー黒魔術

平均の問題ね。
クマエデアモンくんが試した5回分をたし算して、
回数の5でわればいいわ。

$$(8+10+5+3+11) \div 5 = 7.4$$

答えは、7.4秒間ね。
7.4秒で13回も名前をとなえなくちゃいけないのね。
心の中でだとしても、
よっぽど早口の人じゃないと無理じゃない？

長く回転するように
硬貨を力いっぱいはじいたら、
きっと机から落ちちゃうだろうしさ。
とってもリスクが高いわ。

だいたい呪いって、

かけた人の方が
不幸になるものよね。

この問題の語り手である、
クマエデアモンって子も相当あやしいし。

こんな黒魔術には、

手を出さない方が
よさそうだわ。

答え　7.4秒間

16 十五角形ホテル

M県にある十五角形ホテルで、
小学生のヒデトシくんが消えてしまった。

ホテルの13階。1303号室に両親と一緒に
宿泊していたヒデトシくんだったが、
留守番していた20分たらずの間に
行方不明になってしまったのだ。

ホテルのエレベーターには
防犯カメラがそなえつけられているが、
映像を見返しても、
ヒデトシくんの姿は映っていなかった。

両親から依頼されて、
事件の捜査に乗りだしたのは、
名探偵のウインケル・ユウト。

ドイツ人の父と日本人の母を持つ彼は、
警察に協力していくつも
難事件を解決している有名な探偵だ。

ホテルの図面を取り寄せると、

ウインケルは紙面に目をこらした。

ホテルは正十五角形をしていて、
13階にある客室は15部屋。
だが、どこかがおかしい気がする。

ウインケルは、父からもらった万年筆を
指先でくるくる回すと、
何かに気づいてニンマリと笑った。

彼が見つけた図面のおかしな点とはどこか？

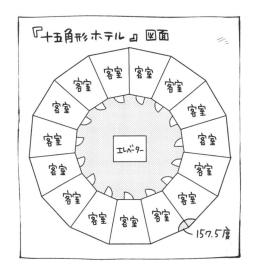

16 十五角形ホテル

多角形の内角の和を計算する公式は、

（〇−2）×180

よね。
十五角形の場合は、

（15−2）×180＝2340度

になる。
このホテルは『正』十五角形だから、
全部の角が同じ角度になるわ。

だから、15でわると
1つの内角の角度が計算できるわね。

2340÷15＝156度

あれ、図面と合わない！
ということは、図面のおかしなところは、
『正十五角形なのに、
内角が157.5度になっている点』ね。

ちなみに、内角が157.5度になるのは正十六角形よ。
もし、この建物（たてもの）が内角を157.5度にして
建築（けんちく）されているとしたら、
「十五角形ホテル」は名前や図面とちがって、

本当は十六角形を
している

ってことになる。

十五角形と見せかけて、十六角形なんだから、
部屋を1つ多く造（つく）れそうだわ。

もしかしたら、
ヒデトシくんは、その

秘密（ひみつ）の部屋に

監禁（かんきん）されているんじゃない！？

答え　正十五角形なのに
内角が157.5度に
なっている点

月末がとっても待ち遠しいなー。
ぼくはSNSの、とあるチャットグループに
参加してるんだ。

『上条玲香が不得意』って名前なんだけどね。
アイドルグループHexaRayの
上条玲香のアンチが集まって、
彼女の悪口を投稿するグループなの。

そのメンバーが集まるオフ会が、今月末にあって。
楽しみで仕方ないんだよー。

実はぼくがオフ会の幹事でさ。
だから、ぜひとも会を成功させなきゃって
気合いも入ってるわけ。

会場のお店はもう予約済みで、
あとはお金の管理をシッカリしなくちゃね。

いくら集まるか、事前に計算しておこうかな。
『上条玲香が不得意』のメンバーは**280人**いて、
そのうち**15％**がオフ会に参加予定なんだよね。

1人あたり**20万円**を払ってもらう予定だから、
全部でお金はいくら集まるかな？

17 オフ会

参加者は280人の15%だから、

280×0.15=42人

1人あたり20万円だから、

42×200000=8400000

答えは、8400000円ね。
840万円！　すごい大金だわ！

というか、そもそも20万円って何なの？
オフ会の参加費にしては高すぎるよ。
こんなに取られたら泣いちゃうわ。

まるで罰金みたいじゃない……。
あ、そっか！

これは **罰** なのよ。

だって、この会に集まる人たちって、
他人を

『誹謗中傷』

してるんだもん。

上条玲香さんに訴えられたら、
お金を払わなくちゃいけないわ。
彼女が心に負った傷に見合うだけの、
高額な慰謝料をね……。

きっとこの問題の語り手は、
上条さんが所属する芸能事務所の人間でしょうね。
マネージャーさんとかかもしれない。

だから、彼は月末のオフ会が
こんなにも楽しみなんだよ。
自分の仲間を苦しめてきた人たちに、

フクシュウできる瞬間だもん。

答え　840万円

18 見たくない

K県にあるTトンネルには、
こわいウワサがあります。

14年ほど前、トンネルの天井が一部くずれ落ち、
ガレキに乗り上げた路線バスが
対向車と衝突する事故が起きました。

それ以来、
事故があった2月25日の19時ごろに、
バスがTトンネルに入ると、
車窓に青白い顔が映るようになったのです。

バスに衝突されて亡くなった
家族の顔が……。

先輩から話を聞いたリナさんは、

「アホらしいですよ。幽霊なんて」

と相手にしませんでした。
だから彼女は、2月25日も
いつも通りにバスに乗りました。

順調に走るバス。
座席でリラックスしていたリナさんは、
ふと腕時計を見て、少し不安になりました。

バスが19時過ぎにＴトンネルに
入ることに気づいたのです。

「くだらない」とつぶやきましたが、
不安は消えず、
じょじょに強くなっていきました。

遠くにトンネルの入り口が見えたとき、
リナさんはいいアイデアを思いつきました。

「幽霊は窓に映るだけ。
だったら目をつぶっていればいい。
ちょっとこわいけど、きっと大丈夫よ。
すぐ終わる。短い直線のトンネルだし」

トンネルの長さは**９０ｍ**。
バスの全長は**１０ｍ**です。

バスが**時速４５km**で走っているとき、
リナさんは何秒、
目を閉じていればいいでしょう？

まず、トンネルの中で、
バスが走行する**距離**を考えましょ。

ふつうに考えると、トンネルの長さである
90mかと思っちゃうけど、そうじゃないわ。

だって90m走った時点では、
バスの前面はトンネルの出口に着いてるけど、
うしろの部分はまだトンネルの中にいるもの。

だから、バスの走行距離は、
トンネルとバスの長さをたした、

90+10=100m

になるわ。あとはふつうの問題ね。
100mを時速45kmで移動するのに
かかる秒数を計算すればいい。
時速45kmは秒速何mかというと、

45×1000÷60÷60=12.5m/秒

この速さで100mを走るときにかかる時間は、

100÷12.5=8

答えは、8秒間だわ。
8秒だけ目をつぶってればいいんだ。楽勝ね！

……と思ったけどさ。
リナさんの考えって

何かおかしくない？

「ちょっとこわいけど、きっと大丈夫よ。
すぐ終わる。短い直線のトンネルだし」
って変だよ。

だって、トンネルが『短い直線』なのって、

リナさんに何か
関係ある？

目を閉じてればいいだけなのよ。
トンネルが短い直線だろうが、
長い曲線だろうが、なんでもいいじゃない。
乗客にとって道路の形状なんて関係ないわ。

そう考えるとさ、リナさんって──、

バスの『運転手』

なんじゃないかな。

もし運転手だとしたら、『短い直線』だから
『ちょっとこわいけど』目をつぶっても
『きっと大丈夫よ』って考えは理解できるもの。

なんだかわたしも不安になってきた。
8秒間とはいえ、

運転手が
目を閉じるのよ。

Ｔトンネルの幽霊が
増えてしまわないといいけど……。

19 ヒトミちゃんの引っこし

この春、
小学生のヒトミちゃんは引っこししました。

お父さんの仕事の都合で、
都会から緑豊かな
地方の農村に移住したのです。

新しい家は庭つきの大きな一軒家でしたが、
新築ではなく、瓦屋根がのった
木造の古びた日本家屋でした。

自分だけの部屋をもらった
ヒトミちゃんと弟のサトシくんは喜びましたが、
お母さんは少し心配そう。

「地震で、家が崩れたりしないわよね？」

「大丈夫だよ。家を支えている大黒柱が
こんなに太くて立派だし」

お父さんは家の中心に立っている
太い木の柱を手でペシペシとたたきました。

大黒柱は円柱で、高さは下図の通りである。
円周率を 3.14 とするとき、
この柱の体積は何cm³になりますか？

ただし、庭にしゃがみこんでいた
サトシくんが声を上げました。

「お姉ちゃん、
すずしそうなアリさんを見つけたよ！」

高さ 320 cm

半径 60 cm

19 ヒトミちゃんの引っこし

円柱の体積を求める公式は、
『半径×半径×円周率×高さ』ね。

60×60×3.14×320＝3617280

大黒柱の体積は、3617280cm³だわ。
お父さんの言うとおり、立派な柱ね！

でも、ただし書きが気になるわ。
サトシくんが庭で見つけた
「すずしそうなアリ」って何かしら？

うーん。それって、

シロアリ
なんじゃない？

ふつうの黒いアリより、
白いアリの方がすずしそうだもん。

でも、もしそうならこわくない？

クロアリがお菓子や
虫を食べるのとちがって、
シロアリは

「木」を食べるのよ。

外見から、大黒柱の体積を計算したけどさ。
家の庭にシロアリがいるなら、
柱の内側が食べられている可能性がある。

立派な柱に見えて、

中身はスカスカ

かもしれないわ。

お母さんの心配が、
本当にならないといいんだけど……。

答え **3617280㎤**

20 徳河原埋蔵金

先週まで
大学の夏休みだったんだけどさ。
臨時収入があったんだ。

ウソみたいな話なんだけど、
オレ、小判を掘り当てたんだよ。
いや、冗談じゃない。本当なの。

浜竹山ってとこでさ。
戦国時代のお城があった跡地なんだって。
きっと城主の殿さまだか、
武将だかが、
埋めた小判なんだろうね。
徳河原埋蔵金っていうらしい。

オレは歴史に興味ないから、
小判はすぐに現金にかえちゃった。
結構な金額になったよ。

たなからボタ餅ってやつだけど、
でも作業量を考えると決して
ラクしてもうけたとは言えないかな。

２３時４５分から土を**毎分8kg**ずつ掘って、
小判の入った杉の箱を見つけたのが
翌日の**1時5分**だったんだよね。

えーっと、だから、オレは
何kgの土を掘ったことになるんだろう？

20 徳河原埋蔵金

まず彼の作業時間を考えましょ。
23時45分から24時（0時）までは、
15分間だよね。
0時から1時5分までは、65分間よね。

15+65＝80分間

彼は80分間、作業していた。
毎分8kgずつ土を掘ったんだから、

8×80＝640kg

掘った土は、640kgね。
答えは出たわ。でも、不思議じゃない？

「オレは歴史に興味ない」とか
「たなからボタ餅」って言ってるし、
この人は徳河原埋蔵金のことを
知らなかったみたい。

一攫千金を求めて
土を掘っていたわけじゃないの。

だったら、どうして80分もかけて、
640kgもの大量の土を掘っていたのかしら？
しかも、深夜の山の中って真っ暗よね……。

憶測で他人を悪く言うのはよくないけど、
どうしてもイヤな想像をしちゃうわ。
この人って、何かの

犯罪者じゃない？

人目につかない山の中に、ひっそりと

何かを埋めようと
していた

のかもしれないわ……。

答え　**640kg**

21 英語の暗号

名探偵ウインケル・ユウトが、
富豪の失踪事件を調査しています。

犯人の候補は、
ばくだいな遺産を相続する
富豪の5人の息子たち。

しかし事件発生当夜には、
全員に鉄壁のアリバイがありました。

ふーむ。
捜査に行きづまったウインケルは、
富豪の書斎をたんねんに調べ直しました。

重厚な机にほどこされた特別な仕掛けに気づき、
彼はかくされていた一通の手紙を発見しました。
すぐ開くと、謎の文面。

「なんだね。手のこんだイタズラか？」

肩越しに手紙を読んだハイタニ警部が
顔をしかめます。

「いえいえ、警部、これは暗号ですよ。
ふむふむ、なるほど。
実に、興味深い言葉が浮かびあがりました」

名探偵は、文面から意味を読みとったようです。
手紙の文面を下記に示します。

手紙にかくされた言葉は何でしょう？

21 英語の暗号

解説

「テンタイショウを見ろ！」が指示ね。
イラストから予想すると、
星空をながめる『天体ショー』を
思い浮かべちゃうけど、
たぶんこの絵は、暗号を難しくするための
フェイクだわ。

算数の世界で、テンタイショウは『点対称』よ。
点対称っていうのは、
ある点を中心にして 180 度回転させたときに
元の形と同じになる図形のこと。

アルファベットの中で点対称なのは、

『H, I, N, O, S, X, Z』

それぞれの文字の中心に
画びょうを刺して、くるって半回転させてみて。
元と同じ文字になるでしょ！

じゃあ、手紙の指示にそって、
点対称の文字だけを見ていくと――、

『SIX』と『SONS』という単語が見つかったわ。
かくされていた言葉は、

『SIX SONS』ね！

これは日本語に訳すと、

『6人の息子たち』

って意味になる。

もしかして富豪には、知られていない
6人目の子どもがいたんじゃない？

その人が犯人なのかはわからないけれど、
遺産を相続する新たな人物。
何かしらの形で、
この事件に深く関わっていそうだわ！

答え SIX SONS

22 やさしい同僚

タカシさんは会社員。
月に1回、ユタカさんと
ペアでおこなう業務があります。

その仕事は、
2人でおこなうと6時間で終わります。

あるとき、ユタカさんが風邪をひいてしまいました。
やさしいタカシさんは、

「今回はオレ1人でやっとくよ」

と、**1人で業務**をおこないました。
10時間で仕事は終わりました。

翌月、
「こないだはタカシに全部任せちゃったから」

と、今度はユタカさんが
1人でその業務をおこなうと言いだしました。

ユタカさんもまたやさしいのです。

ユタカさんが1人で仕事を実施する場合に、かかる時間を答えなさい。

ただし、彼らが月に1度おこなっているのは、飛行機のメンテナンス業務である。

仕事算の問題ね。難問だわ。

まず、2人でおこなった場合の
仕事のペースを考えてみましょ。

6時間で終えるってことは、
1時間ごとに
全体の $\frac{1}{6}$ ずつ進めるってことよね。

次に、タカシさんが1人で
やる場合を考えるわ。

10時間で終えるから、1時間ごとに
$\frac{1}{10}$ ずつ進めるってことね。

2人だと $\frac{1}{6}$ ずつで、
タカシさん1人だと $\frac{1}{10}$ ずつだから、
その差がユタカさんのペースになるわ。

$$\frac{1}{6}-\frac{1}{10}=\frac{5}{30}-\frac{3}{30}=\frac{2}{30}=\frac{1}{15}$$

ユタカさんは1時間ごとに
$\frac{1}{15}$ ずつ進めるペースだわ。

ということは、ユタカさんが1人で
仕事をした場合にかかるのは、15時間ね！

答えは出たけど、ちょっとこわくない？
彼らがおこなっている業務って、

飛行機の
メンテナンス

なんだって。

それって作業時間を短縮するために、
2人でおこなっている仕事じゃないわよね。

絶対に
ミスできないから

2人でチェックして
進めるんじゃないの？

だって、
飛行機のメンテナンスでミスがあったら、

死者がたくさん出る

大事故が起きちゃうかも
しれないもの……。

タカシさんとユタカさんは、
同僚を思いやることのできるやさしい人たち
なんだけどさ。

この航空会社の飛行機に乗るのは、
ちょっと不安かもね。

答え **15時間**

ひと休みコーナー ①

勉強おつかれさま。がんばったあなたのために、
亜樹新（あきあらた）さんがとくべつに
わたしの描（か）き方を教えてくれたよ☆

フミカちゃんの描き方

1 顔のりんかくを描く

2 目とまゆ毛を描く

3 鼻と口を描く

4 前髪を描く

・すこしほっぺにかかるように
・3つのパーツを意識してみてね

5 髪を描く

タハネ

6 おだんごとピンを描く

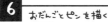

ホイップクリームみたいなイメージ

目の中をぬって完成！
色もつけて楽しんでみてね

スバルくんは、学校の机に
算数ドリルを忘れてしまいました。
宿題ができないので、
お母さんにしかられ、仕方なく夜の学校へ。

ぶっきらぼうな警備員さんに理由を伝え、
暗い校舎にふみ入ると、
昼間のにぎやかさがうそのようです。

自然と早歩きになったスバルくん。
だけど、5年2組の教室の前で足が止まりました。

闇にみちた教室から、カリカリという
不気味な音が聞こえてきたからです。

ネズミがしきりに木の実を
かじっているような音でした。

こわくてしばらく固まってしまいましたが、
ドリルを取らずに帰るわけにはいきません。

スバルくんは、
勇気を出して教室の電気をつけました。

中を見ると、教壇の上で、
何かが猛スピードで回転していました。
カリカリは、回転している３つの物と
教壇がこすれる音でした。

「なんだこれ……」

おそるおそる顔を近づけた瞬間、

「見つかったかい？」

と、とつぜん声がして、
スバルくんは、うわーっと飛びあがりました。
ふりむくと、立っていたのは
警備員のオジサンでした。

ほっと胸をなでおろし、
スバルくんは

「これ見てよ！」

と教壇を指しました。
しかし、すでに
回転は止まっていました。

教壇には、
「１５cm 定規」「三角定規」「分度器」が
無造作にのっていました。

「すごい速さで回転してたんだ！」

と主張しましたが、
警備員さんも両親も友だちも、
誰も信じてくれませんでした。

スバルくんの記憶は鮮明で、
あれがマボロシとはとうてい思えません。

「15cm 定規は A の形に、三角定規は B の形に、
分度器は C の形に見えたんだ」

スバルくんが、夜の学校で目撃した
３つの回転体 A, B, C の名前を答えよ。

回転軸

A

B

C

23 夜の教室

15cm 定規は長方形ね。
長方形は、辺を軸として回転すると
『**円柱**』になるわ。

三角定規は直角三角形ね。直角三角形が
ななめの辺以外を軸にして回転すると、
『**円すい**』になるわ。

分度器は半円ね。
半円の直線部分を軸に回転すると
『**球**』になるわ。

答えは、『A：円柱、B：円すい、C：球』ね。

だけど、どうして夜の学校で
文具が回転してたんだろう？　不思議だわ。

幽霊が
回転体の勉強

をしてたのかな？

フフフ、
そんなわけないか。

真相は不明だけど、
夜の学校でおかしな体験をしたくない子は、
忘れ物(わす)をしないように注意することね。

答え　A:円柱
　　　B:円すい
　　　C:球

24 ドドド

気づくと、コウタくんは
ガラスケースの中に立っていました。
「なんだよ、ここ」と首をめぐらします。

ガラスは自宅マンションの
エレベーターと同じくらいの広さでした。

上が開いているのを確認して、
コウタくんはジャンプで
脱出しようと考えました。

しかし、なぜか首から下が動きません。
力んでみても、
体は「気をつけ」の姿勢のままでした。

泣きそうになり、必死に助けを呼ぶと、
ガラスの向こうにひろがる闇の中から、
担任のシゲタ先生が現れました。

「大丈夫よ、コウタくん。
あなたは授業中に居眠りしているだけ。
ここは夢の中だから」

「夢？　そっか、夢か」
言われてみると、たしかに
こんな状況が現実とは思えません。

「算数が終わったら、次は給食。
どんなにぐっすり眠っていても、
まわりの誰かが起こしてくれるわ」

なあんだ、と安心したコウタくん。
でも次の瞬間、背後ではげしい音がして、
足首に冷たい何かが触れました。

床を見ると、ガラスの中に水がたまっていました。
どうやらコウタくんの背後で、
上から水が流しこまれているみたい。

水かさはどんどん上がっていきます。
このままガラスが水で満ちてしまったら、
呼吸ができなくなってしまう。

「せっ、先生ッ！　助けて！」

「仕方ないわねー」

気だるそうにため息をつくと、
シゲタ先生はヒールで蹴って、
ガラスに小さな穴を開けました。

水が勢いよく飛びだします。
しかし、水位は下がりませんでした。
むしろじわじわと上がっていきます。

穴から出る水より、
上から入ってくる水の方が多いようです。

「ちょうどいいわ。
夢の中でも授業の続きができるわね。
これってニュートン算よ」

先生は明るい声で言いました。

「現在、ガラスケースには
540L の水が入っているわ。
毎分**100L**の水が注がれ、
35L がもれている。

コウタくんの鼻の高さまで水位が上がるのは、
水量が**1900L**になったとき。
授業は残り**20分間**よ」

コウタくんは必死に先生の話を聞きましたが、
内容の難しさと、
ドドドという水音のうるささで、
まったく理解できませんでした。

**「さて、ここで問題です。
コウタくんは無事
教室でめざめられるかしら？」**

シゲタ先生の問いに答えなさい。
ただし、計算の途中で居眠りしてはいけない。

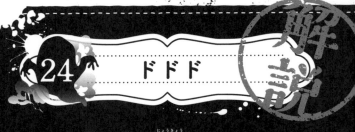

こわい状況ね……。
シゲタ先生の言うとおり、これは**ニュートン算**だわ。

まずは、ガラスケースの中に、
毎分、どれだけ水が増えるか考えてみましょ。

入れられる水は毎分 100L で、
穴からもれる水は毎分 35L だから、

100−35=65L

これが毎分増えている水の量ってことね。

授業の残りが 20 分間だから、かけ算して、

65×20=1300L

1300L が授業中に増えるってこと。
すでに入っている 540L をたし算して、

1300+540=1840L

20分後の水量は1840Lだわ。
コウタくんがおぼれる1900Lまではいかない。

よかったー。

答えは、『無事教室でめざめられる』だね！

でもコウタくん、
もう授業中に居眠りしちゃダメだよ！
次にまた同じことをくり返したら、シゲタ先生は
ガラスを蹴ってくれないかもしれないもの。

水が抜ける穴がなかったら、
この問題はニュートン算じゃなくて、
ただのかけ算になる。

そうなったら、1900Lなんて

余裕でオーバーする

計算になるからね……。

答え　**無事教室で
めざめられる**

25 笑うトナカイ

「笑うトナカイ」
という絵画があります。

雪におおわれた森を背景に、
人間のような笑みを浮かべる
トナカイを描いた、大判の油絵です。

作者は死刑囚で、
刑がとりおこなわれるまでの
半年間で絵を描き上げました。

見る者に不気味な印象を
与える作品ですが、
不思議と人気があり、
売りに出されて以来、
つねに値上がりを続けています。

建築会社を経営しているアキヤマさんは、
絵画に興味はありませんが、

「ずっと値上がりしている作品だから、
持っているだけでもうかりますよ」

と話を持ちかけられ、
絵の購入を検討しています。

ここ数年で「笑うトナカイ」を買って
売った人たちの記録を下表に記します。

3人がもうけた金額は
それぞれいくらですか？

氏名	購入日	買った価格	売った利益
Aさん	2023/11/15	200万円	10%
Bさん	2024/5/29	220万円	5%
Cさん	2024/12/9	231万円	20%

25 笑うトナカイ

売買損益の問題ね。
まずAさんのもうけを考えましょ。
買ったとき200万円で10%利益があったんだから、

2000000×0.1＝200000円

20万円ね。同じようにBさんを考えると、

2200000×0.05＝110000円

11万円ね。Cさんの場合は、

2310000×0.2＝462000円

46万2000円だわ。答えは出たわね。
でも、そうなると別の疑問が出てくる。

Aさんのもうけは20万円だから、
220万円で絵を売ったってことよね。
つまり、Aさんが絵を売った相手は
Bさんってことになる。
同じようにBさんはCさんに売っているわ。

笑うトナカイは人気があって、
『つねに値上がりを続けて』いるのよね。

だったら長い期間持ってた方が
たくさんもうかるのに、表を見ると、
みんな半年くらいで絵を手放しているのよ。

これって変よね。

もしかしてこの絵って、
買うと半年後に悪いことが起きる、

呪われた絵 なんじゃないの？

作者が亡くなるまでの半年間で描いた絵だし、
そんな怨念が封じこめられていても、
おかしくなさそうだわ……。

アキヤマさん、
売買損益だけで購入を決めるのは、
よくないかもしれないわよ……。

答え
Aさん20万円
Bさん11万円
Cさん46万2000円

26 胸が高鳴る

ノゾミさんは高校生。
バスケ部ですが、今日は練習が
休みになりました。
顧問の先生が、週末に事故にあい
入院してしまったせいです。

放課後、めずらしく早く帰れるなーと
軽い気持ちで下駄箱を開けたノゾミさんは、
思わず目を見開きました。
なんと、くつの上に1通の封筒が
置かれていたのです。

まわりを確認し、そっと封を開けると、

「放課後、屋上で待ってます。W.Y.」

という短い文面の手紙でした。
イニシャルを見て頭に浮かんだのは、
ユウトくんのスラッとした長身でした。

彼は二枚目で、ファンクラブができるほど
学内外で有名な男子です。

「ど、どうして？
ユウトくんがわたしに手紙なんて。ま、まさか。
ううん、そんなはずないよね……」

心臓がドキドキと
張りさけそうなくらいに高鳴っていました。

ふだんノゾミさんの心臓は、
2分間で**150回**鼓動します。
現在は、**3分間**で**270回**鼓動しています。

心臓は、ふだんより何％高鳴っていますか？

26 胸が高鳴る

まず、心臓が1分間で何回鼓動しているかを
考えましょ。ふだんは2分間で150回。1分間だと、

150÷2=75回/分

現在は3分間で270回。1分間だと、

270÷3=90回/分

いつもよりどれだけ高鳴っているかっていうと、

90−75=15回/分

ふだんが1分間に75回で、現在は15回多い。
これが何%かっていうと、

15÷75×100=20%

心臓はふだんより20%、高鳴っているわ。
こんなにドキドキしてるってことは、
ノゾミさんもユウトくんのことが好きなんだ！
やったー、2人は両思いだよ！

……と思ったけど、他の可能性もあるわね。
だって、彼女を呼びだしたユウトくんって名前に
わたしは心当たりがあるもの。

16問目と21問目に出てきたわ。
いくつもの難事件を解決している名探偵、

ウインケル・ユウト。

イニシャルはW.Y.で合致するし、もし名探偵なら
有名でファンクラブまであるのも納得できる。

そして、急に呼びだされたら
鼓動が速くなるのは、
彼に好意をいだいている人だけじゃないわよね？

「事件の犯人」も

犯行を見破られたかもとあせって、鼓動が速くなるはず。
週末にバスケ部の先生が事故に
あっているみたいだけど、ノゾミさんが
関わっている可能性があるわね…。

答え　20%

27 間取り図に変な

会社帰りのレイナさん。
自宅マンションの郵便受けで、何も
書かれていない封筒を見つけました。

エレベーターに乗り、
封を開くと折りたたまれた紙が1枚。
それはレイナさんの住む部屋の間取り図でした。

首をひねりながら
エレベーターを降りた彼女は、
ふだん通り、自分の部屋へと向かい
ドアを開けました。

・間取り図と、現実の部屋は**相似**しています。
・部屋の長辺は**6m30cm**で、
間取り図上では**25cm**です。
・間取り図にボールペンで描きこまれている
冷蔵庫やベッドなども、同じ比率で
現実と**相似**しています。
・レイナさんは気づいていませんが、
間取り図のリビングには小さな「虫」の
絵も描きこまれています。

・ボールペンで足の一本一本まで
ていねいに描きこまれた虫の絵は **1.5cm** です。

さて問題です。
現実のリビングにも、その「虫」がいる場合、
床をはっているそれの全長は何cmか？

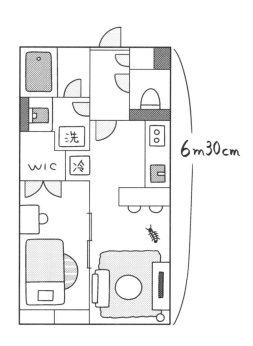

27 間取り図に変な

ううう、イヤすぎて
算数に集中できないけど、がんばろう……。
まず、部屋と間取り図の比率を出しましょ。

部屋の長辺は6m30cm(630cm)ね。
間取り図では25cmだから、

630÷25=25.2

つまり、
部屋は間取り図の25.2倍の長さってこと。
間取り図に描かれたモノも同じ比率で
相似しているんだから、
25.2倍すれば現実の長さになるってことね。

間取り図上の虫は1.5cmだから、

1.5×25.2=37.8

答えは37.8cmね。

だ、だけど、それって床を掃除する

ロボット掃除機より大きいサイズだよ。

虫の種類はわからないけど、
わたしがそんな

巨大な虫 を見たら、

泡をふいて気絶しちゃうかもしれない。

レイナさん、リビングに入らないで
いったん部屋から逃げた方がいいと思うわ！

答え **37.8cm**

28 アンケート

かがみの中に老婆を
見たことがある人は、**69人**。

天井に張りついた赤子を
見たことがある人は、**186人**。

どちらも見たことがない人は、
82人でした。

回答者の総数が**293人**のとき、
**老婆と赤子の両方を目撃しているのは
何人か？**

ただし、
この問題は2020年にH市の教育委員会が、
市立S中学校の生徒を対象におこなった
アンケートの結果をもとに作成されている。

集合の問題ね。
まず、変なもの(老婆と赤子)を
見た生徒の数を考えましょ。
総数が293人で、見てない人が82人だから、

293−82=211

変なものを見たって生徒は211人ね。

この211人の中で、
老婆を見たって回答した人が69人。
赤子を見たって回答した人が186人いたんだわ。
たし算すると、

69+186=255人

見た人の合計である211人より、
アンケートの回答である255人の方が多いわね。

不思議に思うかもしれないけど、ふつうのことよ。
だって、老婆と赤子の
両方を目撃した生徒がいるからね。

その生徒は、アンケートの回答としては
「2人」って数えられちゃうでしょ。

この差分を計算すれば、
「老婆と赤子の両方を目撃した人数」がわかるわ。

255−211=44

答えは、44人ね。
算数の答えはわかったけど、こわいわね……。
幽霊なのか怪異なのかわからないけど、
かなりの数の生徒が

不気味な何か

を目撃してるんだよ。

将来進学する中学校のことなんて、
ちゃんと考えてなかったけど。
わたしはこの市立S中学校には
入学したくないかな……。

答え　44人

大学生のジョウイチくん。
昨晩遅くまでゲームをしていたせいで、
寝坊してしまいました。

「今日はきびしい教授の授業だから
遅刻できないのに……」

バイクにまたがったジョウイチくんは、
急いで大学に向かいました。

ふだんは**時速40km**で走り、
1時間10分で大学に着きますが、
今日はちがいました。

バイクが走りだした時刻が**8時56分**で、
停止した時刻が**9時16分**でした。

このとき、ジョウイチくんは
**ふだんの何倍の速度で
移動したことになりますか？**

29 寝坊した朝

まず、バイクが走っていた時間を考えましょ。
8時56分から9時16分だから、20分間ね。
ふだんの通学にかかる時間は1時間10分で
これを分に直すと70分。

ふだん70分のところを、
バイクをとばして20分で移動したって状況ね。

時間と速度は、**反比例**の関係にあるわ。
移動スピードが速くなれば、そのぶん、
移動にかかる時間は短くなるでしょ？
移動時間は70分と20分。比率を計算すると、

$$70 \div 20 = 3.5$$

答えは、『3.5倍』ね。ジョウイチさんは
すごいスピードでバイクを走らせたんだわ！

……って思ったけど、それって速すぎない？
時速40kmの3.5倍って、時速140kmよ。
そんなスピードで一般道を走りきるなんて、
プロのレーサーにだって激ムズでしょ。

じゃあ、どういうことかな？
この問題には、もう1つの答えがあるのよ。

問題文をよく見てみて。バイクの
「停止した時刻が9時16分」って書いてあるだけで、
「大学に着いたのが9時16分」とは書いてないわ。

つまり、ジョウイチさんが途中で

事故った とても、

問題に矛盾は生じないのよ……。

その場合、彼が何倍の速度で走っていたかは、
『不明』になる。

算数としての答えは2つ。
ジョウイチさんの現実は、
どっちだったのかしら？

答え　**3.5倍**
または
不明

30 中古のテレビ

メリカルで中古の
テレビを買ったが、失敗だった。
画面が勝手につくのだ。

主電源は当然のこと、
リモコンにも触れていないのに、
急に映像が映って、数秒たつとプツンと消える。

画面に映るのは、毎回同じ女だった。
入院患者が着るような水色の服を着た
おかっぱ髪の女で、こちらに顔を向け、
肩をゆらして笑っている。

こわくなってコンセントを抜いたが、
それでも画面は勝手につく。

当然、テレビを捨ててしまおうと思った。
しかし、お祓いなどをしないで捨てたら、
余計に呪われやしないかと踏ん切りがつかない。

今はとりあえず毛布にくるんで、
押し入れにしまってある。

女が画面に映る時刻は
ランダムではなくて、法則性があった。

**アナログ時計の短針と長針が作る角度が、
66度になったタイミングで、画面がつくのだ。**

現在時刻は、昼の12時ちょうど。
次に彼女が姿を現すのは、何時何分になるか？

ぼくはその時刻になったら両耳をふさぐ。
押し入れから、彼女の笑い声が
もれ聞こえてくるからだ。

まずは2本の針が
1分間で何度動くかを考えてみましょ。

長針は1時間で1回転するから、
360度を60分で回るってことね。

360÷60=6度/分

短針は12時間かけて1回転するから、
360度を12時間で回るわ。

360÷(12×60)=0.5度/分

長針が6度動く間に、
短針は0.5度しか動かない。時間がたつごとに
2つの針の距離は離れていくよね。

どれくらい離れるかっていうと、
ひき算すればわかるわ。

6−0.5=5.5度/分

この角度が66度まで開くのが
何分後かって問題だから、

66÷5.5＝12分後

答えは、『12時12分』ね。だけど、

何なのこのテレビ！

中に幽霊が封じこめられてるのかな？

それとも、何か特殊な世界の電波を
受信しちゃってるのかしら？

何にしろ、この人が
無事にテレビを手放せたらいいわね。
でも、まちがってもメリカルで
売ったりはしないでよ！

答え **12時12分**

31 呪われたのは誰？

神社の神主である
ミチエダさんが、いつものように、
竹ぼうきで境内を掃除していました。

ふと腰を伸ばしたときに、
イチョウの大木にわら人形が
打ちつけられていることに気づきました。

「これはよくない」

人形を取りはずしたミチエダさんは
ていねいにお祓いをして、
それから、わらをほぐしていきました。

中から出てきたのは、ボロボロの紙でした。
文面を見て、ミチエダさんは困ってしまいました。

「呪われてしまった人をさがして、
お祓いをしてあげたいのだが……」

文面の「B」に入る数字は
何になりますか？

呪いたい相手は
AとCの間にいる男。

558.683.A.B.C.1183.1308

神社
开

住宅

ファミレス

公園

魚屋　八百屋　酒屋　床屋

銀行

交番

パン屋

歯科　本屋

住宅

薬局

パン
工場

病院

31 呪われたのは誰?

わら人形を作った人は、
呪いのターゲットをわからなくするために
暗号文にしたのね。かしこいわ。

とりあえず、A, B, C を埋めていきましょ。
並んでいる数字をよく見ると、
等差数列になっているわ。
558 と 683 の差も、1183 と 1308 の差も、
125 だからね。

つまり、125 をたし算していけば全体が埋まるわ。

558、683、808、933、1058、1183、1308

文面の「B」に入る数字は、933 ね!
答えは出たけど、「933 にいる男」って誰かな?
キューサンサン、クササ、キューゾウサン、クミサン。
うーん、解読できないなぁ……。

あっ、933 が解読すべき暗号とはかぎらないのか。
だって、紙面には「B にいる男を呪いたい」
とは書いてないもの。

「呪いたい相手はAとCの間にいる男」
って書いてある。
AとCの数字は、808と1058だったわよね。

……これって

「八百屋」と「床屋」

って読めるわ！

きっと呪いのターゲットは、
八百屋と床屋の間にある——

『酒屋』にいる男性だわ。

答え 933

32 4人の並び順

ミュちゃん、コウタロウくん、
レンカさん、ケイジくんが
縦1列に並んでいます。

それぞれの発言を聞いて、
彼らの正しい並び順を答えよ。
解答はア〜エから選ぶこと。

ミュ「**コウタロウくんは、わたしより前にいるよ**」

コウタロウ「**ぼくのうしろには1人だけだよ**」

レンカ「**わたしは1番前か、1番後ろなの**」

ケイジ「**ぼくより前は1人じゃないよ**」

　　ア：ミュ←コウタロウ←レンカ←ケイジ
　　イ：レンカ←ケイジ←コウタロウ←ミュ
　　ウ：ケイジ←ミュ←コウタロウ←レンカ
　　エ：ア、イ、ウの中に答えはない

32 4人の並び順

コウタロウくんの発言から、
彼の位置は確定できるわ。

＊←＊←コウタロウ←＊

次に、ミユちゃんは
コウタロウくんより後ろだから、

＊←＊←コウタロウ←ミユ

１番後ろが埋まったから、
レンカちゃんは１番前ね。

レンカ←＊←コウタロウ←ミユ

ということは——、

レンカ←ケイジ←コウタロウ←ミユね！

と思ったけど、ケイジくんは
「ぼくより前は１人じゃないよ」って言ってる。
うーん、発言が矛盾しちゃうわ。

ということは、答えは『エ』ね。

でも、どうして矛盾するんだろう？
並んでる順番なんて、ウソつく意味ないと思うけど。
もしかして、4人の中に

『透明な子』

でもいるのかなー？

たとえば、ケイジくんが透明で、
他の子から見えていないとすると、
全員の発言が矛盾しなくなるもの。

もしかして、ケイジくんって、
ミュちゃんかコウタロウくんの背中にとりついている

幽霊なのかも
しれないね……。

答え　エ

33 半転少女

「地下鉄Y駅の半転少女って知ってる?」

「知ってるよ。終電間際の
下りエスカレーターに現れる幽霊でしょ?」

「そう。一見すると、エスカレーターに
後ろ向きに乗っている子どもだけど、よく見ると、
頭だけが後ろ向きにくっついてて、
首から下は前を向いているっていう」

「想像するとこわいよな」

「でもその話デマなんだよ。
先週Y駅で終電間際に何回もエスカレーター
往復したけど、ぜんぜん出なかったもん」

「かけ下りた?」

「かけ下りる?」

「半転少女に会うには、条件があるんだよ。
もともと少女は、エスカレーターを

かけ下りた会社員と接触して、
転がり落ちちゃったかわいそうな子なの。
首の骨を折って幽霊になっちゃったわけ。
だから、同じような危険行為をする
人間の前に現れて、その人を呪うんだ」

「へー、知らなかった。それじゃあ、
どれくらいの速度で下りればいいんだ?」

「えーっと、ネットによると——
Y駅のエスカレーターは**72段**あって、
止まって乗ると、到着までに**36秒**かかる。
12秒で到着できる速度でかけ下りると、
半転少女が現れるって」

「なんかムズイなー。それって結局、
1秒で何段かけ下りればいいってこと?」

33 半転少女

流れているものの上を移動する
物体の速度を求めるから、**流水算**の問題ね。
川と船の問題が多いけど、
今回はエスカレーターと人だわ。

まず、ふつうに乗ったときに
エスカレーターが1秒で何段下るか計算してみましょ。
72段を36秒で移動するんだから、

72÷36＝2段/秒

1秒ごとに2段下るってことよ。
じゃあ、少女が現れる条件である12秒間で、
エスカレーターが自動で進む段数は、

2×12＝24段

72段あるうちの24段は、勝手に下ってくれるわ。
じゃあ、足でかけ下りる必要がある段数は、

72−24＝48段

48段を12秒間でかけ下りればいいから、

48÷12＝4段/秒

1秒ごとに4段をかけ下りるペースで走れば、
半転少女が現れるってことね。

答えは出たけど、そんなことしない方がいいと思うわ。
半転少女は呪いをかけるみたいだしさ。
もし少女のウワサがデマだったとしても、
エスカレーターで走ったら

危ない ってことは本当だもん。

小さい子にぶつかって、その子が落下して半転少女に
なっちゃう可能性だってゼロじゃないんだから。

エスカレーターには 止まって乗る

のが一番よね。

答え 4段

34 よくできた金庫

セイヤくんは金庫を見つけて、
目をかがやかせた。

少しだけ開いていた扉に手をかけて、
全開にする。

見るとお金は入っていなくて、中は空だった。
セイヤくんは扉をパタンと閉めた。

金庫は、扉が閉まると
自動でロックがかかる仕組みだった。

開けるためには、
0〜9の数字が印刷された
ダイヤルを4つまわして
4桁の暗証番号を正しく合わせる必要がある。

金庫の暗証番号を決めたのは、
セイヤくんのおじいちゃんで、
彼は同じ数字を使わずに、
4桁すべてを**別の数字**に設定していた。

さて、問題です。
この金庫に設定されている可能性がある
**暗証番号の数字の組み合わせは、
何通りになるか？**

ただし、この家の大人は全員留守にしている。

そのため、小学生のルイトくんとマツリちゃん、
幼稚園児のセイヤくんだけが家の中で遊んでいる。

子どもたちがしている遊びは、
かくれんぼである。

34 よくできた金庫

セイヤくんのおじいちゃんは、
4桁すべてを別の数字にしていたわ。
これは**順列**の問題よ。

選べる数字は、0〜9の10個。
1桁目のダイヤルをまわすときは、
この10個から選ぶわ。

2桁目をまわすときは、1桁目で
使った数字以外の9個から選ぶわよね。
同じように、3桁目は8個から、
4桁目は7個から選ぶわ。つまり、

$$10×9×8×7=5040$$

暗証番号の組み合わせは、5040通りだわ。
答えは出たけど、ただし書きが気になっちゃうよ。

子どもたちがしてた遊びは、
かくれんぼなんだって。
金庫を見つけてセイヤくんは、
目をかがやかせていたけどさ。

それって、
かくれられる
いい場所を見つけた
からじゃないかしら……。

きっとセイヤくんは体をかがめて、
金庫に入ってから、自分で扉を閉めたはず。

たっ、大変よ!!

金庫の中で、空気がどれだけ
もつのかわからないけど、
セイヤくんが危険だわ。

適当にダイヤルをまわして、
5040通りもある暗証番号から正解を
見つけられるわけないし。

早く誰か大人が帰ってこないかしら……。

答え **5040通り**

35 猫のいるバス

夜おそくまで残業をしたマサトさん。
ふだんはバスで帰宅するのですが、
最終バスの時刻をとうに過ぎていました。

タクシーを呼ぼうと
スマホを触っていると、マサトさんの顔を
車のヘッドライトが照らしました。

細めた目を向けると、
そのバスはターミナルに停車しました。
運よく最終バスがおくれていたようです。

「ラッキー」とつぶやいて、
バスに乗りこんだマサトさん。
ですが、すぐに首をかしげました。

人間の乗客にまぎれて、
たくさんの猫が乗っていたのです。

状況を理解できませんでしたが、
扉がプシューとしまり、バスが走りだしたので、
マサトさんは空いていた座席に腰かけました。

通路にうずくまっていた猫が
マサトさんの膝に飛び乗ってきて、
ゴロゴロとノドを鳴らしました。

とまどいながらも、実家の三毛猫を思いだして、
マサトさんはやわらかな背中をなでたのでした。

バスの中にいる人間と猫の数をたすと、
１４体でした。
彼らの足の数をたすと**５４本でした。**
猫は全部で何匹いますか？

ただし、人間の足は２本、
猫の足は４本である。

35 猫のいるバス

鶴と亀じゃなくて、
人間と猫だけど、**つるかめ算**の問題ね。

まずは全部が人だったと仮定してみましょ。
14人だと足の数は、

14×2=28本

28本になるわ。でも実際は54本だった。

54−28=26本

26本も多い。
人間と猫だと、猫の方が足が2本多いわよね。
前足の2本分がさ。
だから、26本の前足がバスに乗ってるってこと。
それって何匹の猫かって考えると、

26÷2=13匹

バスに乗ってる猫は、13匹だとわかったわ！
でもさ、おかしくない？

14体のうちの13が猫だとすると、
人間は1人だけってことになっちゃう。

マサトさんは当然人間だから、
それ以外の乗客や運転手は
人じゃないってことになる。

足がないんだから、たぶん

幽霊

なんじゃないかな……。

ねぇ、
マサトさん、このバスに乗ってて大丈夫？
幽霊が運転しているバスなんて、

行き先は『あの世』

の気がするけど……。

答え　13匹

36 セーラー服の幽霊

Ａ大橋には幽霊が出ます。
セーラー服の彼女は、通行人の背後に急に現れると、
自分が突き落とされた悲劇をとつとつと語るそうです。

近所に住む小学生のケイゴくんは、
このウワサに興味しんしん。
何かと理由をつけては家を抜けだし、
8日ごとにＡ大橋へと自転車を走らせています。

同じく近所に住むカワニシさんも、このウワサに
関心がある様子。除霊グッズをたずさえた彼は、
6日ごとにＡ大橋に車で通っています。

セーラー服の幽霊自身は、
12日ごとにＡ大橋に現れます。

時間帯が合わなかったため
出会うことはありませんでしたが、
3月2日には全員がＡ大橋にいました。

**次に3人が顔を合わせる可能性があるのは、
何月何日になりますか？**

36 セーラー服の幽霊

ケイゴくんは8日ごと。
カワニシさんは6日ごと。
幽霊は12日ごと。

これらの周期が次にいつ重なるかを
求める問題だから、
最小公倍数を考えればいいわ。

8の倍数:8、16、24、32、40…

6の倍数:6、12、18、24、30…

12の倍数:12、24、36、48…

それぞれに共通する数字で、
一番小さいのが最小公倍数だから、24ね。
3月2日の24日後だから、
答えは、3月26日だとわかるわ。

セーラー服の幽霊か、こわいわね。
だけど、この問題には
他にも気になる点があるの。

それは、

カワニシさんの存在よ。

ケイゴくんは子どもだし、
幽霊に興味があるのはわかる。

だけど、カワニシさんは
車を運転できるような大人よ。
週1のペースで心霊スポットに通ってるのって、
ちょっとおかしくない？

セーラー服の幽霊は、A大橋に姿を現すと、
『自分が突き落とされた
悲劇をとつとつと語る』のよね。

それって、

犯行の状況 を

被害者本人がくわしく語ってる
ってことになるわ。

もしかしてカワニシさんって、
女子高生を橋から突き落とした
犯人なんじゃない？

口封じのために、

幽霊を除霊
しようとしているのよ。

そう考えると、
3人が顔を合わせてしまうのは危険だわ！

だって、ケイゴくんが幽霊から
事件の話を聞いてる様子を、
もしカワニシさんに見られてしまったらさ。

ケイゴくんまで、
口封じのターゲットに

されてしまうかもしれないわ……。

あとがき

勉強おつかれさま。
今回の『こわい算数』は
どうだった？

受験勉強として、
いろんなタイプの問題が
一気に出題されたから、
ちょっとむずかしかったよね。

だけど、ふだんの教科書とはちがって、
ページを開くごとにゾッとして、
鳥肌が立って楽しくなかった？

わたしは楽しめたよー。

今回の問題の中で、
わたしが特にコワイと思ったのは、
問24の「ドドド」かな。

気づいたら、なぜか
ガラスケースの中に立っていた
コウタくんのお話。

体の自由がきかないのに、
顔まで水位が上がってきちゃうなんて、
読んでて心臓がドキドキしちゃったよ。

ふぅー。

もしあなたも本を楽しめたなら、
キミノベルのホームページに
感想を書いてみるのも、いいかも。

わたし、みんなの感想を
読むのが好きなんだ。

自分が好きな本のことを、
ほかの子も好きなんだって知れて、
仲間だーって
うれしくなっちゃうの。

たまに、
「フミカちゃんかわいい」って
コメントもあって、
小さくガッツポーズしてるよ。

フフフ。

もしよかったら、
あなたも書いてみてね。

じゃあ、また！

学校では教えてくれない
『こわい算数』で
勉強したくなったら、

いつでもわたしに会いに来てね。

本書の内容はフィクションです。実在の人物、
団体、作品等とは一切関係ありません。

作／小林丸々（こばやしまるまる）
作家。スマホアプリを中心に『意味がわかると怖い話』シリーズを発表し、人気を博す。著書に累計35万部突破の『本当はこわい話』シリーズ（角川つばさ文庫）がある。

絵／亜樹新（あきあらた）
漫画家。著書にTVアニメ化もされた『ぼくのとなりに暗黒破壊神がいます。』がある。『かわいいせかいせいふく』をコミックジーンにて連載中。最近ハマっていることは文房具収集。

頭がしびれた〜 POPLAR KIMINOVEL

ポプラキミノベル（こ-04-03）

とけるとゾッとする　こわい算数
フミカちゃんと受験勉強編

2025年4月　第1刷

作	小林丸々
絵	亜樹新
編集協力	為田裕行（フューチャーインスティテュート株式会社）
発行者	加藤裕樹
編　集	斉藤尚美
発行所	株式会社ポプラ社
	〒141-8210　東京都品川区西五反田3-5-8
	JR目黒MARCビル12階
ホームページ	www.kiminovel.jp
印刷・製本	中央精版印刷株式会社
ブックデザイン	神戸柚乃＋ベイブリッジ・スタジオ
フォーマットデザイン	next door design

- 落丁本・乱丁本はお取替えいたします。
  ホームページ（www.poplar.co.jp）のお問い合わせ一覧よりご連絡ください。
- 読者の皆様からのお便りをお待ちしております。いただいたお便りは著者にお渡しします。
- 本書のコピー、スキャン、デジタル化等の無断複製は著作権法上での例外を除き禁じられています。本書を代行業者等の第三者に依頼してスキャンやデジタル化することは、たとえ個人や家庭内での利用であっても著作権法上認められておりません。

©Marumaru Kobayashi　2025　Printed in Japan
ISBN978-4-591-18585-8　N.D.C.913　172p　18cm

P8051128

ポプラキミノベル

シャイガイ

顔を見た相手を地の果てまで追いかけてくる、恐怖のSCPオブジェクト。

ミッション 3人のスキルで シャイガイを確保せよ!

カケル
スキル》**アクセレート**
走れば走るほど速くなる!
skill) accelerate

ヒナタ
スキル》**キャンディ**
ふれたものを溶かす!
skill) candy

アユム
スキル》**イレーサー**
記憶を消す!
skill) eraser

※本書の掲載内容はSCP財団を原作とし CC BY-SA 3.0 に準拠しています。

SCP
エス シー ピー
ハンター!!

シャイガイを
確保せよ！

黒史郎/作
古澤あつし/絵

SCPオブジェクト。
それは、説明のつかない異常存在。それ
らを確保・収容・保護する「SCP財団」
の施設から、なんと超キケンなシャイガ
イが脱走してしまった！ 特殊スキルを
もつカケルたち3人は、シャイガイ確保
のミッションを依頼されて!?

読者のみなさまへ

本を読んでいる間、しばらくほかのことを忘れて、気分転換ができて、静かな時間をすごせたなら、それだけで素敵なことです。笑ったりハラハラしたり、感動したり、物語を読み進めながら心が動く瞬間があったなら、それはみなさんが思っている以上に、ほかには代え難い、最高の経験だと思います。

あなたは、文章から、あなただけの想像世界を思い描くことができたということだからです。

「ポプラキミノベル」は、新型コロナウイルスが世界中に広がり、皆が今までに経験したことのない危険にさらされ、不安な状況の最中に創刊しました。その中にいて、私たちは、このような時に本当に大切なのは、目の前にいない人のことを想像できる力、経験したことのないことを思い描ける力ではないかと、強く感じています。

本を読むことは、自然にその力を育ててくれます。そして、その力は必ず将来みなさんをおたがいに助け、心をつなげあい、より良い社会をつくりだす源となるでしょう。いろいろなキミのために、という意味の「キミノベル」には、キミたちの未来のためにという想いも込めています。

——若者が本を読まない国に未来はないと言います。

キミノベルの前身、二〇〇五年に創刊したポプラポケット文庫の巻末に掲載されている言葉を、改めてここにも記し、みなさんが心から「読みたい！」と思える魅力的な本を刊行していくことをお約束したいと思います。

二〇二一年三月

ポプラキミノベル編集部